미식
예찬

최양선 소설 — 시호 그림

미식 예찬

창비

차 례

미
식

예
찬

학원 여름 방학 특강을 들은 지 일주일이 지났지만 점심시간은 적응이 되지 않았다. 11시 58분, 가슴이 콩닥거렸다.

띠리링 띠리링.

점심시간을 알리는 벨이 울렸다.

"식사 잘하고 5교시에 보자. 지수도 맛있게 먹고."

"네."

나는 힘없이 말했다. 선생님과 아이들이 우르르 교실을 빠져나갔다.

교실에 혼자 남자, 예찬이 얼굴이 떠올랐다. 일어나 창가로 다가가 학원 건물 아래 편의점을 내려다보았다. 검은 머리들이 포도송이처럼 다닥다닥 붙어 있었다. 아무리 보아도 예찬이가 없다는 것을 알면서도 자꾸만 눈길이 바닥으로 내려앉았다. 나는 비슷한 머리통이 붙어 있어도 예찬이를 금방 알아볼 수 있다.

내가 좋아하는 아이니까.

내가 좋아하는 아이니까.

내 사랑은 갑자기 쏟아진 눈처럼 지난 겨울 방학 때 시작되었다. 예찬이도 도시락을 싸 가지고 다녀서 학원 식당에서 함께 밥을 먹었다. 처음 같이 밥을 먹은 날, 예찬이는 반찬으로 싸 온 비엔나소시지를 내 반찬 통에 올려놓은 뒤 먹어 보라고 말했다. 먹을까 말까 망설이다가 조심스레 입안에 넣었다.

톡톡 부서지는 폭신한 식감이 입 안에 번졌다. 훈제 향기와 이 사이로 끼어드는 기름진 육질의 맛이 너무 좋았다. 예찬이는 입맛을 다시는 나를 보더니 자신의 반찬 통을 내 앞으로 밀어 놓았다. 예찬이와 눈이 마주쳤고 그 짧은 순간 심장이 빠르게 뛰었다.

모든 건 한순간

그날 이후 매일 예찬이와 도시락을 먹었다. 나는 학원에서도 집에서도 점심시간만 기다렸다. 순간순간 예찬이 얼굴이 떠올랐다. 예찬이가 다른 여자아이를 보며 웃어 주기라도 하면 심장을 꼬집힌 것처럼 아팠다.

겨울 방학이 끝난 뒤 새 학기가 시작되었다. 봄이 지나고 여름이 왔지만 예찬이를 향한 내 마음은 변하지 않았다. 나는 고백하기로 결심했다. 놀이터로 불러내서 전할까. 카톡을 보내 볼까. 아님 손편지는 어떨까. 첫 번째 방법은 그 자리에서 거절을 당하면 너무 민망할 것 같았고, 두 번째는 성의 없이 느껴지고 아이들에게 소문이 날 확률이 높았다. 손편지가 비밀스러우면서 정성도 느껴질 듯했다.

예찬이에게

예찬아, 안녕? 나 지수야.

....

....

나는 기말 지필 고사가 끝나고 편지를 가방에 넣고 다니며 기회를 노렸다.

그즈음 예찬이는 점심시간마다 했던 축구도 마다하고 의기소침해 보였다. 아이들의 장난에도 쉽게 화를 냈다. 고백할 틈을 찾지 못했던 나는 여름 방학식 날, 교문 앞에서 예찬이가 나오기만을 기다렸다. 아이들이 없는 틈을 타서 예찬이에게 다가갔다. 편지를 내밀자 예찬이는 놀란 표정을 지었다. 곧바로 편지를 가방에 넣고는 아무 말 없이 가 버렸다.

괜히 말했나?

주말을 보내고 방학 특강 첫날, 겨울 방학 때처럼 예찬이와 점심시간을 함께할 생각에 가슴이 두근거렸다. 내 편지에 대한 답을 들을 수 있으리라 여겼다. 설렘은 기다림으로 변했다가 절망에 이르렀다. 예찬이는 학원에 나타나지 않았다. 설마 나 때문에 학원을 옮긴 것일까. 자존심이 상하고 고백한 것이 후회되었다. 시간을 되돌릴 수 있다면 여름 방학 전으로 돌아가고 싶었다. 아님 한 달을 건너뛰어 개학 날로 가든가.

카톡 알림음이 울렸다.

―딸, 밥 남기지 말고 다 먹어.

엄마에게 웃는 이모티콘을 날리고는 도시락을 들고 식당으로 들어갔다. 혼자가 되어야 하는 한 시간이 너무 싫다. 나만 외로운 시간을 견디어야 하다니. 나는 비어 있는 앞자리에 예찬이의 모습을 그려 보았다. 그럴수록 더 외로워졌다.

배에서 꼬르륵 소리가 났다. 도시락 뚜껑을 열었다. 현미와 율무가 잔뜩 섞인 밥과 시금치, 숙주 나물, 김치, 삶은 돼지고기와 된장, 상추. 식욕이 사라졌다.

억지로 밥 한 숟가락을 떠서 입 안에 넣었다. 밥
알이 살아서 입 속에서 돌아다니는 것 같았다. 율
무 맛이 느껴지지 않도록 김치를 넣고 씹었다. 이
년이 넘도록 먹고 있는데도 적응이 되지 않았다.
도시락을 내려다보니 음식이 붉은색으로 보이며
초등학교 2학년 때가 떠올랐다. 엄마는 샤워 도중
내 가슴이 도드라진 것을 발견하고는 병원에 데리
고 갔다. 여러 검사 끝에 의사 선생님은 나의 만 나
이가 8세인데 실제 뼈 나이는 9.5세라고 했다. 이대
로 두었다가는 성장이 급속도로 빨라져서 초등학
교 4학년 때 초경을 할지 모른다고 했다.

엄마는 생리에 대해 말해 주었다.

"한 달에 한 번 네 몸에서 피가 나오는 거야."

'피'라는 말에 깜짝 놀랐다.

"한두 방울?"

"아니, 아주 많이 나와. 초등학교 6학년 때나 중학교 가서 하면 좋은데 4학년 때 하면 너도 너무 힘들어. 뒤처리 잘못해서 바지에 피가 묻기라도 하면 어쩔 거니. 또 키도 160센티미터가 안 될지도 몰라."

그날 밤, 바지가 빨갛게 물든 꿈을 꾸었다. 지금은 생리가 무엇인지 알고 있지만 그때 느낀 공포의 빨간색은 쉽게 잊히지 않았다.

엄마는 환경 호르몬을 피하기 위해 플라스틱 용기를 전부 버리고 유리와 스테인리스 그릇으로 바꾸었다. 전자레인지도 상자에 넣어 베란다로 치웠다. 밥은 현미와 율무를 잔뜩 넣어 지었다. 보리차나 생수 대신 율무를 넣고 끓인 물을 마셔야 했다. 율무 끓인 물에서는 떫은 플라스틱 맛이 났다. 외식도 한 달에 한 번만 했다. 엄마는 점심시간에 나오는 반찬 중에 인스턴트는 먹지 못하게 했다. 시간이 지나 5학년 여름 방학이 되었지만 생리는 시작되지 않았다.

핸드폰을 만지작거렸다. 혼자 밥을 먹을 때 웹툰을 보거나 예능 프로그램의 조각 영상을 보다 보면 그럭저럭 시간이 흘러갔다. 이것저것 검색을 하는데 영지에게서 영상 통화가 왔다. 수락을 누르자 둥근 얼굴이 화면에 가득 찼다. 영지의 양 볼이 불룩했다.

"뭐 먹어?"

"햄버거."

"좋겠다."

영지는 아토피 때문에 초등학교 내내 고생을 하다가 지난봄에 양평으로 전학을 갔다. 신기하게도 그곳에 간 뒤로 몸이 좋아져서 이제는 한 달에 두 번 정도는 햄버거도 먹는다고 했다. 나는 우물거리는 영지 입을 뚫어져라 보았다. 기름기가 잔뜩 밴 햄버거를 떠올리자 입 안에 침이 고였다.

"난 혼자 밥 먹고 있다."

"외롭겠다."

나는 우울한 표정을 지었다.

"예찬이가 없어서 더 그런 거 아냐? 겨울 방학 때는 안 그랬잖아."

나는 고개를 끄덕였다. 갑자기 영지 눈이 커졌다.

"어제 우리 엄마랑 예찬이 엄마랑 통화했다!"

영지 목소리가 달떠 있었다.

"그게 뭐."

"아줌마, 편의점에서 알바한대. 우리 엄마 보험 설계사잖아. 그 일 어떠냐고도 물었대. 우리 사는 동네 집값도."

"예찬이 학원에 왜 안 나오느냐고 물어봐 주지."

"몰라. 그 얘기만 하고 끊었어."

아쉬웠다.

"엄마 온다!"

영지가 핸드폰 안에서 사라졌다. 남은 밥을 꾸역꾸역 먹었다. 궁금증이 머릿속에 가득했다. 예찬이는 내 고백에 대해서 왜 아무 말이 없는 걸까. 설마 잊어버린 걸까. 아무 말 없는 예찬이의 반응은 거절인 걸까. 누군가 내 가슴을 꽉 쥐고 비틀어 짜는 것 같았다. 가슴이 답답해서 도저히 음식을 삼킬 수가 없었다. 남은 밥은 화장실 변기에 버리고 교실로 들어왔다. 자리에 앉자마자 머릿속에 예찬이 생각이 가득 찼다.

5교시 수업이 시작되자 속이 울렁거리고 가슴이 답답했다. 수업 내용도 집중이 되지 않았다. 배 속에서 전쟁이라도 일어난 걸까. 목구멍에 쓴맛이 올라오더니, 속의 것이 모두 솟구쳐 올라올 것 같았다.

"선생님! 화장실 다녀올게요!"

손을 번쩍 들고 간신히 말을 뱉었다. 선생님이 허락하자마자 화장실로 달려가 모든 걸 게워 냈다.

나머지 수업 시간 동안 멍한 채로 앉아 있었다. 쉬는 시간에 맞춰 영지에게서 전화가 왔지만 받지 않았다. 톡으로 사정이 있다고만 전했다.

수업이 끝나고 집으로 향하는 길은 길고 지루했다. 늘 오가는 곳인데도 끝이 보이지 않을 듯 막막했다. 아파트 입구에 도착한 나는 이대로 넘어갈 수 없다고 생각했다. 예찬이에게 전화를 걸었다. 핸드폰 수신이 정지되어 있었다. 무작정 몸을 돌려 예찬이네 아파트 쪽으로 달렸다.

아파트 입구에 이르자 허기가 져서 걷기조차 힘이 들었다. 여섯 시가 다 되어 가는데도 날이 더워 온몸이 땀범벅이었다.

편의점이 눈에 들어왔다. 환하고 깨끗한 편의점 안은 시원해 보였다. 진열된 컵라면을 비롯해서 전자레인지에 데워 먹을 수 있는 즉석 음식들을 보자 배가 고파졌다. 하지만 먹지 말아야 할 음식들이었다. 환경 호르몬 덩어리. 붉은색으로 물든 바지가 떠올랐다. 꿀꺽 침을 삼키고는 편의점을 지나쳤다.

얼마 가지 않아 또 편의점이 나타났다. 나도 모르게 발길이 그쪽으로 향했다. 쇼윈도에 붙어 있는 광고지 사이로 안을 들여다보았다. 예찬이 엄마가 파란색 조끼를 입고 계산대 앞에 서 있었다. 나는 두 눈을 비비고 안을 자세히 보았다. 아주머니가 맞았다.

'예찬이가 학원에 왜 안 나오는지만 물어보자.'

힘껏 문을 밀었다.

"어서 오세요."

달랑거리는 종소리와 함께 아주머니 목소리가 들려왔다. 조심스레 아주머니 앞에 다가섰다.

"안녕하세요. 전…… 박지수인데요. 궁금한 게 있어서요."

아주머니가 놀란 표정을 지었지만 급한 마음에 말이 터져 나왔다.

"예찬이는 왜 학원에 안 나오는 거예요?"

"그게……."

"엄마, 제가 말할게요."

예찬이 목소리에 놀라 뒤를 돌아보았다. 예찬이가 간이 탁자 앞에 서 있었다. 탁자 위에 펼쳐져 있는 문제집이 눈에 들어왔다.

저....

제가 말할게요.

"그럴래? 그럼 뭐라도 먹으면서 얘기해. 아줌마가 사 줄게."

아주머니의 말이 끝나자마자 배 속에서 꼬르륵 소리가 났다.

예찬이가 컵라면 진열대 앞쪽으로 발길을 옮겼다. 나도 그쪽으로 천천히 걸어갔다. 내가 먹어서는 안 되는 라면들이 즐비했다. 예찬이가 컵라면을 집었다. 망설이던 나는 같은 것을 들고 계산대 앞에 섰다. 아주머니가 단무지를 가져와서 같이 계산을 해 주었다.

우리는 컵라면에 뜨거운 물을 붓고 자리에 앉았다. 예찬이는 아무 말이 없었다. 어색함이 감돌았다. 마음속으로 초를 세었다. 컵라면이 익으려면 3분이 지나야 하니까 180까지만 세면 된다. 76초가 되었을 때 예찬이와 눈이 마주쳤다. 예찬이는 처음

사랑에 빠졌던 그날과 같은 미소로 나를 바라보았다. 왠지 좋은 대답을 들을 수 있을 것만 같았다. 나는 용기를 내서 입을 열었다.

"내 편지 읽은 거지?"

"……."

예찬이 입가에 담겨 있던 미소가 사라졌다. 아닌가. 내가 잘못 생각한 걸까. 멀지 않은 곳에 예찬이 엄마가 있었지만 참을 수가 없었다.

"왜 답장을 안 하는 거야? 내가 싫은 거니? 그래서 학원도 안 나오는 거야?"

가슴에 맺힌 것을 토해 내듯 말을 쏟아 냈다. 예찬이는 놀란 듯 눈을 몇 번 깜박였다. 입술을 깨물고는 말문을 열었다.

"여름 방학 끝나면 이사 가."

이사 가...

심장이 바닥으로 곤두박이쳤다. 왈칵 눈물이 솟구치는 걸 간신히 참아 내리눌렀다. 가슴이 답답하게 막혀 왔다. 무엇이라도 해야 할 것 같았다. 컵라면 뚜껑을 열었다. 감질맛 나는 냄새가 훅 풍겼다. 무작정 들고 국물을 마셨다. 쓰디썼다. 목구멍도 따갑고 아팠다. 컵라면을 내려놓고 고개를 숙였다. 예찬이와 눈이 마주치면 눈물이 왈칵 솟아오를 것만 같아 고개를 들 수 없었다.

"나, 너 싫지 않아."

예찬이의 목소리에 고개를 들었다. 예찬이는 얼굴이 빨개진 채로 어색하게 웃고 있었다. 어디선가 따뜻한 바람이 불어오는 것 같았다. 바닥에 떨어졌던 심장에 분홍색 물이 들더니 바람을 타고 두둥실 떠올라 내 가슴 언저리에 자리를 잡았다. 콩닥, 콩닥, 가볍고 경쾌하게 뛰기 시작했다.

예찬이는 젓가락으로 라면을 휘휘 저은 뒤 면발을 집어 올렸다. 나도 조심스레 면발을 저었다. 인상을 잔뜩 찌푸린 엄마 얼굴이 떠올랐다. 서둘러 그 얼굴을 지우고 맛을 보았다. 부드럽고 매끈한 면발이 입 안으로 호로록 들어왔다. 예찬이와 같은 속도로 천천히 면발을 씹어 목구멍으로 넘겼다. 목이 아프지도 따갑지도 않았다. 국물을 한 모금 마셨다. 이상하다. 아까는 분명히 맛이 썼는데 지금은 달았다. 설탕을 듬뿍 녹인 것처럼. 뛰던 심장은 점점 잦아들고 마음이 편안해졌다. 나는 예찬이 얼굴을 뚫어져라 보았다.

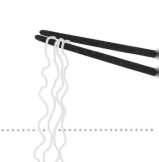

"어디 있든 내가 영상 통화 하면 꼭 받아야 해. 내 톡에도 꼭 대답해야 하고. 알았지?"

내 말에 예찬이가 웃으며 고개를 끄덕였다.

에어컨에서 나오는 차가운 바람 때문에 오소소 떨렸다. 나는 단무지를 예찬이 앞에 놓았다. 예찬이는 단무지를 입 안에 넣었다. 예찬이 입에서 오도독오도독 소리가 들려왔다. 하얀 눈밭이 눈앞에 펼쳐진 듯했다. 아무도 없는 낯선 곳에 펼쳐진 눈밭. 그곳에서 예찬이와 내가 손을 잡고 뽀드득뽀드득 소리를 내며 걷는 장면이 떠올랐다. 나도 모르게 얼굴이 화끈거렸다.

"라면 식겠다. 어서 먹어."

"응."

나는 크게 한 젓가락 집어 입 안에 넣었다. 이
시간이 끝나지 않기를 바라며 오랫동안 꼭꼭 씹
었다.

상대의 법칙

약속 시간보다 십오 분이 지났다. 상대는 나타나지 않았다. 말이 십오 분이지 마치 일 분이 한 시간처럼 길게 느껴진다.

오늘은 우리에게 최고의 날이 될 것이다. 지긋지긋한 현실에서 벗어나는 날이 될 테니까. 목적지는 정하지 않았다. 인생이란 게 정해 놓은 길로 가지 않는다는 것 정도는 알고 있다. 그 길은 내 곁에서 자체 발광하고 있는 오토바이가 함께해 줄 것이다.

오 분이 더 지났다.

녀석과는 초등학교 때부터 같은 학교에 다녔다. 초등학교 때는 공부도 잘하고 밝은 아이였다. 그런데 중학교에 올라와서 달라졌다. 1학년 때는 사소한 일에도 아이들과 싸움을 벌이고 사고를 쳐서 전교에서 상대를 모르는 아이가 없었다. 선생님들은 달래기도 하고 혼내기도 했지만 상대는 전혀 달라지지 않았다. 2학년 때는 같은 반이었는데 수업 시간 내내 엎드려 있었다. 상대가 수업을 듣는 유일한 시간이 있었다. 바로 과학 시간이었다.

3학년, 새 학기가 시작되고 일주일이 지났을까. 아홉 시가 다 되어 갈 무렵, 나는 어슬렁어슬렁 골목을 지나고 있었다.

"인마, 이리 와."

주위에 아무도 없었고 튈 용기도 없던 나는 골목 안으로 들어갔다. 담배를 피우던 형 두 명이 껄렁껄렁한 표정으로 나를 둘러쌌다.

"있는 돈 다 내놔."

나는 말없이 지갑을 꺼냈다. 머리카락이 얼굴 반을 가린 형이 지갑을 뒤졌다. 10만 원짜리 수표 한 장을 보더니 얼굴에 화색이 돌았다. 그 옆에 있던 형은 내 머리를 쓰다듬었다. 나는 지갑을 통째로 빼앗기고 전화번호도 알려 주었다. 일주일에 한 번, 형들을 만나기로 했다. 겁이 났지만 선생님에게도 엄마에게도 말하지 않았다. 일을 크게 만들고 싶지 않았다. 돈은 엄마에게 말하면 얼마든지 구할 수 있었으니까.

그렇게 한 달이 지났다. 그날도 골목에서 형들을 만나 돈을 주고 있는데 한 아이가 물끄러미 내 쪽을 바라보았다. 바로 상대였다. 상대는 곧장 뛰어와 내 돈을 받은 형의 얼굴에 주먹을 날렸다. 다른 형들이 상대에게 달려들려고 할 때 호루라기 소리가 들렸다.

경찰서로 달려온 엄마는 나를 보자마자 울음을 터뜨렸다. 경찰서에는 이미 담임 선생님이 와 있었다. 선생님은 엄마 앞에서 벌벌 기더니 상대 머리를 쥐어박으며 나무랐다. 나는 이 상황을 이해할 수 없었다.

"상대는 나 때문에 싸운 거예요!"

나는 대들듯이 말했다.

"알아. 그래도 이런 일이 생기면 나한테 먼저 알렸어야지, 너희끼리 해결하려고 하면 되겠니? 그것도 옳지 않은 거야."

선생님은 부드럽게 말했다. 늘 그랬다. 선생님들은 어떤 상황에서도 내게 친절했다. 엄마가 내 곁에 있을 때는 더욱더.

그때 등이 구부정한 할아버지가 경찰서 안으로 들어왔다. 희끗희끗한 수염이 턱에 제멋대로 자라 있었다. 할아버지가 다가오자 상대는 자기 머리카락을 쥐어뜯었다.

"아이고, 선생님, 죄송합니다. 울 아이가 사고를 쳐서……."

할아버지가 굽실거리며 선생님에게 사과했다. 그러는 사이 엄마가 말했다.

"선생님, 우린 이만 가 볼게요."

엄마는 내 손을 끌고 경찰서 밖으로 나왔다. 유리창 너머에서 상대가 양손으로 두 귀를 막은 채 웅크리고 있는 모습이 보였다.

다음 날, 상대는 수업 시간 내내 엎드려 있었다. 나는 상대가 마음에 걸렸다. 점심시간에 매점에서 바나나우유와 빵을 사서 상대에게 내밀었다.

"어제 고마웠어."

나는 조심스럽게 말했다.

"고마워할 필요 없어. 마침 누구라도 패 주고 싶었는데 딱 걸린 것뿐이야."

상대는 별스러운 일로 여기지 않았지만 그날부터 나는 상대의 뒤를 졸졸 쫓아다녔다. 상대는 나를 투명인간 취급했다. 그래도 내가 멈추지 않자 드디어 상대가 입을 열었다.

"나도 안됐지만 너도 참……."

상대는 모든 상황을 물리 법칙에 적용했다.

"작년이었나? 과학 시간에 엎드려 있는데 선생님이 말한 저항이라는 단어가 귀에 콱 박혔어. 자전거를 타고 달리면 피부에 바람의 압력을 느낄 수 있는데 그게 공기의 저항이라고 했어. 속도가 빨라질수록 공기의 저항이 커져서 달리는 데 큰 힘이 들어간다고. 그 순간 가슴이 뜨거워지는 거야. 세상의 빠른 속도에 부딪치는 나 같았거든. 세상은 점점 빠르게 변하고 많은 것들을 쏟아 내는데 나는 가질 수 있는 게 아무것도 없잖아. 내가 점점 비뚤어지는 건 당연한 저항이라고."

상대가 속도라는 단어를 내뱉은 순간, 상대에게 깊은 동질감을 느꼈다. 나도 모르게 입을 열었다.

"어릴 때부터 이유 없이 불안하고 무서울 때가 있어. 끝도 없는 바닥으로 떨어지는 기분이 든다고 해야 하나? 그때마다 움직여야 했어. 씽씽카, 인라인스케이트, 자전거……. 속도를 낼 수 있는 것들이 좋았어."

그러자 상대가 말했다.

"넌 불안을 대신할, 불안에서 벗어날 수 있는 도구가 필요했던 거야. 일의 원리를 보면 도구를 사용해도 한 일은 같아. 그래도 도구를 사용하는 이유는 힘의 이득을 얻거나 힘의 방향을 전환시키기 위해서야. 아무리 빨리 달려도 한계가 있으니까, 그 한계로는 충족될 수 없을 만큼 불안하고 두려우니까."

상대와 나는 늘 붙어 다녔다. 우리에게는 다른 점도 많았지만 비슷한 점도 많았다. 가장 비슷한 점은 늘 혼자라는 것. 상대는 초등학교 3학년 때 부모님이 이혼한 뒤 할아버지와 살고 있다. 초등학교 졸업식 날, 엄마와 아빠가 각자 재혼을 했다는 사실을 알게 되었다고 했다.

나는 엄마 아빠와 함께 살고 있다. 하지만 우리가 가족이라고 할 수 있을지 모르겠다. 아빠는 대기업 부장으로 일 중독자다. 아빠는 나만 보면 한숨을 푹푹 내쉬었다. 어쩌다 밥을 같이 먹는 날이면 연설을 늘어놓곤 했다. "남자란 말이다."로 시작하는 연설이었다.

"남자란 이 세상에 태어났으면
죽을 만큼 달려야 하는 거야.
앞만 보고 달려야 한다고.
네가 먼저 추월하지 않으면
넌 곧 추월당할 거야.
세상을 만만하게 보면 안 돼."

상대의
법칙

삼십 분이 지났지만 상대는 아직 오지 않았다. 나는 오토바이를 쓰다듬었다. 이건 엄마의 비밀을 지켜 주는 대가로 받은 선물이다.

6학년 때였다. 학원 수업이 끝난 후에 자전거를 타고 집으로 가는 길이었다. 속도를 내서 달리다가 멈추기 아쉬워 아파트 뒤쪽을 한 바퀴 돌고 집에 들어갈 참이었다. 산책로에는 가로등이 켜져 있었지만 나무가 드리워져 많이 어두웠다. 나는 천천히 자전거를 타고 가다가 낯선 아저씨와 손을 잡고 있는 엄마를 보았다. 그 순간 너무 놀라 자전거와 함께 넘어졌고 우리 셋은 눈이 마주쳤다.

그날 밤, 엄마가 슬며시 방으로 들어와 누워 있던 나를 일으켰다. 그리고 무릎을 꿇은 채 내 손을 꼭 잡았다.

"중혁아, 사람 마음은 움직이는 거야. 네가 아직 어려서 혼란스럽고 힘들겠지만 좀 더 크면 엄마를 이해할 수 있을 거야."

나는 고개를 끄덕였다.

"이건 우리 둘만의 비밀이다. 알았지?"

나는 한 번 더 고개를 끄덕였다. 엄마는 만족스러운 표정을 지었다. 내가 고개를 쉽게 끄덕인 것은 '움직인다'는 말이 무척 마음에 들었기 때문이다.

다음 날, 학교에서 돌아오자 아파트 현관 앞에 기어가 달린 새 자전거가 서 있었다. 비밀을 지키는 대가라는 걸 알았다. 나는 틈만 나면 자전거를 탔다. 페달을 밟고 또 밟았다. 온몸에 달려드는 날카롭고 거센 바람이 가려운 곳을 시원하게 긁어 주었다.

나는 시간이 지날수록 더 빠른 속도를 원했다. 아무리 성능이 좋은 자전거라도 한계가 있었다. 중학교 2학년 때는 배달 아르바이트를 하는 친구의 오토바이를 타 보았다. 처음 스쿠터를 운전했을 때의 떨림, 그 짜릿함을 잊을 수가 없다.

얼마 전, 나는 엄마 곁에 슬쩍 다가가 속삭이듯
말했다.

"오토바이 갖고 싶어."

엄마 표정이 순식간에 일그러졌다.

"그, 그건……."

나는 피식 웃고는 쌩 돌아섰다. 엄마가 내 팔목
을 잡았다.

희한하게도 아빠는 엄마의 비밀을 전혀 눈치채
지 못했다. 어떻게 그럴 수 있는지 모르겠다고 말
하자, 상대는 이렇게 말했다.

"너희 부모님은 관성의 법칙에 충실한 거야."

"관성?"

"관성이란 외부에서 물체에 힘이 작용하지 않을 때, 물체가 처음의 운동 상태를 계속 유지하려는 성질이야. 그래서 운동하던 물체를 정지시키기 위해서는 마찰이 필요해. 마찰이 없다면 움직이던 물체는 계속 그 상태로 유지되는 거야."

"그게 우리 엄마 아빠랑 무슨 상관이야?"

"너희 아빠는 처음의 운동 상태, 그러니까 겉으로 보기에 행복한 가정을 유지하고 싶어 하는 거야. 자신은 돈만 벌어다 줘도 된다고 생각하잖아. 그 돈으로 아내와 아들이 행복하다고 생각하니까 이 상태를 유지하고 싶은 거야. 진실은 그게 아닌데도. 너희 엄마도 똑같아. 사회적으로 위치가 올라가고 적당히 자유도 누리는 이 상태를 유지하고

싶은 거야. 언제까지나 너희 아빠가 몰라주길 바라면서. 너희 엄마 아빠 상태를 깨뜨리기 위해서는 마찰이 필요해. 물론 관성의 정도에 따라 마찰의 힘도 달라져야 하지."

아빠가 엄마를 멈추게 하려면 마찰의 크기는 얼마나 세야 할까. 아마도 아주 센 마찰이 필요할 것이다. 진짜 엄마 아빠 사이에 마찰이 생기면 우리 집은 어떻게 될까. 생각만 해도 끔찍했다.

＊

"멋지다!"

뒤에서 나타난 상대가 손바닥만 한 책으로 내

어깨를 툭 쳤다.

"이제 오면 어떡해! 그건 뭐야?"

상대가 들고 있던 책을 빼앗았다. 우주와 별자리에 관한 책이었다.

"이제 우주로 관심을 넓힌 거야?"

"그런 거 아니야!"

상대가 무안해하며 책을 주머니에 넣었다.

"야, 우리가 오늘을 얼마나 기다렸냐? 일단 이 동네를 한 바퀴 도는 거야. 화려하게 굿바이 해야지."

나는 흥분을 감출 수 없어 공중으로 주먹을 날렸다. 그런데 상대 표정이 시원치 않았다.

"무슨 일 있어?"

"아니야."

내가 먼저 오토바이에 올라탔다.

"뭐 해? 어서 타!"

시동을 걸자 소름이 돋았다. 등 뒤에 탄 상대도 긴장되는지 말이 없었다. 우리는 바람을 뚫고 달렸다. 풍경이 빠르게 뒤로 사라졌다. 내 등에 가슴을 바짝 붙였던 상대가 서서히 몸을 떼고 소리를 지르기 시작했다. 우리를 바라보는 시선이 사방에서 달려들었다. 하지만 신경 쓰지 않았다. 저런 시선 따위는 익숙해진 지 오래다.

시내로 진입했다. 점점 속도를 높였다. 속도계 바늘이 팔십을 넘었다. 앞서가는 피자 배달 스쿠터를 추월했다. 그 순간 아빠 말을 이해할 수 있었다. 누군가를 앞서가는 짜릿함에 전율했다.

"와!"

상대 목소리가 세상을 가득 메우는 깃 같았나.

이틀 전, 오토바이가 생길 테니 함께 달려 보자고 상대에게 말했다.

"우리는 한번 속도를 내면 멈출 수 없을지 몰라. 가속도가 붙어서. 가속도는 무게에 비례하잖아. 우리 무게가 얼마나 무겁냐?"

"너나 나나 열여섯 살 평균 몸무게야."

"마음의 무게를 말하는 거야."

상대 말은 적중했다. 정말 멈출 수가 없었다. 속도가 높아질수록 짜릿했다. 겁도 났다. 하지만, 왠지, 계속, 이대로, 달려야만 할 것 같았다.

그때 상대가 말했다.

"야, 집에 좀 들렀다 가자."

달동네 길은 가파른 오르막이다. 속도를 내기에
는 너무 치명적인 곳이다. 길이 좁아 오토바이를
타고 올라갈 수도 없다. 우리는 주차장에 오토바이
를 세워 놓고 걸어 올라갔다. 숨이 차올랐다. 집 앞
에 다다랐을 때는 해가 져 사방이 어둑어둑했다.

"여기서 기다려."

상대가 사는 곳은 반지하다. 상대는 한 번도 같
이 들어가자고 말한 적이 없다. 나는 늘 밖에서 기
다렸다.

곧 상대네 집 창문에 불이 켜졌다. 기다리는 게 슬슬 지겨워졌을 때 불이 꺼졌다. 상대가 계단을 뛰어 올라왔다.

"할아버지는?"

"주무셔."

상대 목소리에 힘이 없었다. 우리는 오토바이를 세워 둔 주차장으로 다시 내려갔다.

내려가는 길은 기울기가 가팔랐다. 속도를 내려고 하지 않아도 자꾸만 발이 빨라지고 몸이 앞으로 쏠렸다.

그때 상대가 갑자기 멈춰 섰다.

"중혁아, 미안해. 나, 갈 수 없어."

픽, 두꺼운 책으로 뒤통수를 얻어맞은 느낌이었다.

"뭐라고?"

"나…… 갈 수 없다고."

"갑자기 왜!"

버럭 소리를 질렀다. 상대는 고개를 숙이고 바닥만 보고 있었다.

"왜 말이 없어! 막상 떠나려니까 무서워? 겁나?"

"그런 게 아니야."

"아니면 뭐!"

상대는 주머니에서 구겨진 종이 한 장을 꺼냈다.

상대야. 오늘 낮에 이걸 주웠다. 멀쩡한 것 같아서 가져왔다. 고물상 사장에게 물어보니 이걸로 하늘을 보면 우주가 다 보인다더라. 기억나니? 어릴 때 네가 우주 과학자가 되고 싶다고 했던 거. 이거 보니 그 말이 생각나더라. 마음 답답할 때 봐라.

"이게 뭐야?"

"경찰서 갔다 온 다음 날, 집에 왔는데 망원경이랑 이 쪽지가 있었어. 망가진 망원경으로 우주를 보라니. 말도 안 되는 일이지. 구질구질하게 구는 할아버지 때문에 미칠 것 같았어. 그러다 생각해 보니까 내가 아무리 못된 짓을 해도 할아버지는 한 번도 화를 낸 적이 없었어. 할아버지를 보고 나니까…… 못 가겠어."

"뭐야? 그게 이유야? 그깟 고장 난 망원경 하나 때문에?"

"그딴 식으로 말하지 마!"

상대가 내 멱살을 잡았다.

"그래서 우주, 별자리 뭐 그딴 책을 본 거냐? 설마 진짜 과학자가 되려는 거야? 웃기지 마. 불가능해! 부모 잘 만나서 학원 다니고 과외하는 애들을 따라잡을 수 있을 것 같아? 이 배신자. 관둬! 관두라고!"

나는 상대 손을 뿌리치고 달렸다. 내리막길이라 몸이 자꾸만 앞으로 쏠려 넘어질 것 같았지만 멈추지 않았다. 상대는 멈췄다. 급정거했다. 그래 봤자 나보단 못한 녀석이다. 내 환경이 저 녀석보다는 훨씬 낫다. 그런데 이상하다. 나는 달리고 상대는 멈췄는데 왜 상대가 날 추월한 느낌이 드는 걸까.

상대의
법칙

언덕을 다 내려오자 오토바이가 날 기다리고 있었다. 헬멧을 쓰고 시동을 걸었다.

'난 달릴 거야. 달릴 거라고!'

속도를 내기 시작했다. 차선을 옮겨 가며 자동차와 버스를 추월했다. 차들이 빵빵댔다. 멀리서 경찰차 사이렌 소리도 들렸다. 나는 아랑곳하지 않고 속도를 더 높였다. 속이 울렁거렸지만 상관없었다.

그런데 갑자기 커브 길이 나타났다. 이미 늦었다.

키익! 나는 오토바이와 함께 나뒹굴었다.

"학생? 학생? 이름 말할 수 있어요?"

간신히 눈을 뜨자 눈앞에서 흐릿한 형체가 아른거렸다. 하지만 눈꺼풀을 들어 올릴 힘조차 남아 있지 않은지 자꾸 눈이 감겼다.

＊

한 달이 지났다. 나는 겨우 목발을 짚고 조금씩 걸을 수 있게 되었다. 병실에서는 한 시간이 하루 같았다. 송장처럼 가만히 있자니 좀이 쑤시고 답답해서 견딜 수 없었다.

늦은 밤, 병실 문이 열렸다. 상대였다.

우리는 밖으로 나와 은행나무 아래에 있는 벤치에 앉았다. 날씨가 제법 쌀쌀했다.

"어떻게 지내냐?"

"수업 끝나고 햄버거 가게에서 아르바이트해."

"아르바이트?"

상대가 달라졌다. 내게서 멀어졌다. 우주 공간에
떠 있는 별 같았다. 어색한 우리 사이로 바람이 끼
어들었다. 바람은 나무를 타고 올라가 나뭇가지를
헤집고 다녔다. 쏴, 하는 소리가 머리 위에서 울려
퍼졌다. 나뭇가지를 쳐다보았다. 색이 바랜 은행잎
이 가볍게 춤추듯 바닥에 내려앉았다.

"잎이 떨어지네."

"중력 때문이지. 지구가 물체를 끌어당기는 힘.
중력은 물체의 질량에 비례해."

"질량에…… 비례한다……."

내 무거운 마음의 질량을 생각하며 중력이라는
말을 되뇌었다. 또다시 깊이를 알 수 없는 바닥으
로 떨어지는 기분이 들었다.

"나도 알고 있어."

상대가 대뜸 입을 열었다.

"뭘?"

"천체 과학자가 되기 어렵다는 거."

"……."

"그래도 노력이라는 걸 해 보고 싶어."

"안 될 걸 알면서 뭐 하러?"

"질량 보존의 법칙 때문이야. 물이 증발해도 물은 사라지는 게 아니야. 다른 형태로 공기 중에 존재하지. 실력이 안 되고 돈이 없어서 대학조차 갈 수 없을지 몰라도 내 노력은 사라지지 않을 거야. 다른 형태로 존재하며 언젠가는 힘이 되어 줄 거야."

"질량 보존의 법칙이라면 내 무거운 마음의 질량 역시 사라지지 않는다는 거잖아. 그건 어떻게 설명할 건데?"

"네가 진짜로 하고 싶고 원하는 일이 생기면 그 무거움이 오히려 큰 힘이 되어 줄지도 몰라."

상대가 말했다. 깊은 한숨이 나왔다. 정말 내 무거운 마음의 질량이 힘이 되어 돌아오는 날이 올까. 혼란스러웠다.

우리 사이에 침묵이 흘렀다. 침묵의 틈으로 상대의 법칙들이 떠올랐다. 그러자 질량 보존의 법칙 역시 상대의 법칙이라면 한 번쯤, 한 번쯤은 믿어도 괜찮지 않을까, 하는 생각이 들었다. 상대의 법칙은 늘 적중했으니까.

"자식, 끝까지 잘난 척하기는."

나는 슬쩍 상대 어깨에 팔을 올렸다. 상대가 어색하게 웃었다. 그 순간 내게서 멀어졌던 별에서 빛이 나기 시작했다.

상대의
법칙

작
가
의
말

최양선

세상이 정한 속도보다 나만의 시간을 사랑하길.
문득, 찾아오는 순간의 행복을 만끽하길.

책과 멀어진 친구들을 위한 마중물 독서

　수업 시간 대부분을 잠으로 보내거나 수다로 보내는 많은 학생들을 떠올립니다. 그런데 글쎄, 어떤 친구들은 수업 시간에 추천한 책을 사서 며칠 만에 다 읽고, 친구들과도 함께 읽고 싶다면서 학급 문고에 기부를 합니다. 스스로 책을 사서 자발적으로 읽는 게 흔한 풍경은 아닌데, 그렇게 예쁜 모습을 보이니 선생님도 신이 나서 칭찬을 많이 해 주었습니다.

독서에 흥미를 붙이면 삶을 아름답게 꾸며 나갈 수 있다고 이야기해 주었습니다.

그러나 이런 풍경이 흔하지는 않습니다. 어릴 적에는 부모님께 같은 책을 여러 번 읽어 달라고 조르기도 하고, 그 이야기 속에서 상상의 나래를 펼쳤던 아이들이 청소년기에 접어들면서부터는 이제 책 읽기가 싫다고 말합니다. 몇 해 전부터는 학교 현장에서 소설 한 편 읽기를 하고 나면, 이렇게 긴 글은 처음 읽어 봤다는 반응이 나옵니다. 그럴 때마다 교사로서 씁쓸한 마음이 듭니다.

'소설의 첫 만남' 시리즈는 이런 현실에 돌파구가 되어 줄 만한 새로운 청소년소설 시리즈입니다. 국어 교사들이 머리를 맞대고 동화책에서 소설로 향하는 가교 역할을 해 줄 만하며 문학적으로 완성도가 높고 흥미로운 작품을 엄선하여 꾸렸습니다. 책이

게임이나 웹툰보다 재미없다고 생각하는 학생들, 독해력이 다소 부족한 학생들도 '소설의 첫 만남' 시리즈를 통해서라면 문학의 감동과 책 읽기의 즐거움을 새롭게 경험할 수 있을 것입니다. 무엇보다 재미있습니다. 부담이 적습니다. 한 시간 정도면 충분히 읽을 수 있는 짧은 분량과 매력적인 일러스트 덕분에, 책과 잠시 멀어졌던 청소년들도 소설을 읽는 즐거운 '첫 만남'을 가져 볼 수 있습니다.

　문학은 힘들고 지칠 때 위로를 건네고, 어떻게 살아야 하는지 지혜를 전하며, 다양한 삶의 가치를 일깨워 주는 보물이라고 믿습니다. '소설의 첫 만남' 시리즈를 통해 청소년들은 때로는 자신이 주인공이 되고, 때로는 주인공의 친구가 되는 듯한 몰입을 경험하면서 문학이 주는 재미와 기쁨을 마음껏 누릴 수 있을 것입니다.

우리 친구들이 소설 작품에 대해 재미있게 이야기하는 멋진 풍경을 기대하니 마음이 설렙니다. 스마트폰에 시선을 빼앗긴 채 이것저것 기웃거리면서 '대충 보기'에 익숙해진 학생들, 긴 글 읽기에 익숙하지 않아 책 앞에서 주리를 트는 학생들, "초등학교 4학년 이후로 책을 읽어 본 적이 없다."라고 고백하는 '독포자'들을 위해 기꺼이 추천합니다.

"얘들아, 이제 재미있게 읽자!"

'소설의 첫 만남' 자문위원

서덕희(경기 광교고 국어교사)
신병준(경기 삼괴중 국어교사)
최은영(경기 미사강변고 국어교사)

소설의
첫 만남 09

미식 예찬

초판 1쇄 발행 | 2017년 7월 10일
초판 10쇄 발행 | 2024년 6월 20일

지은이 | 최양선
그린이 | 시호
펴낸이 | 염종선
책임편집 | 김영선 정소영
조판 | 박지현
펴낸곳 | (주)창비
등록 | 1986년 8월 5일 제85호
주소 | 10881 경기도 파주시 회동길 184
전화 | 031-955-3333
팩시밀리 | 영업 031-955-3399 편집 031-955-3400
홈페이지 | www.changbi.com
전자우편 | ya@changbi.com

ⓒ 최양선 2017
ISBN 978-89-364-5863-8 44810
ISBN 978-89-364-3123-5 (세트)